明亮的伏击

[美] 奥黛丽·沃德曼 著 远洋 译

四川文艺出版社

图书在版编目（CIP）数据

明亮的伏击 /（美）奥黛丽·沃德曼著；远洋译. — 成都：四川文艺出版社，2017.10
ISBN 978-7-5411-4791-3

Ⅰ.①明… Ⅱ.①奥… ②远… Ⅲ.①诗集—美国—现代 Ⅳ.①I712.25

中国版本图书馆CIP数据核字（2017）第228388号

MINGLIANG DE FUJI
明亮的伏击
[美]奥德丽·沃德曼　著
远　洋　译

责任编辑	余　岚
封面设计	叶　茂
内文设计	史小燕
责任校对	蓝　海
责任印制	唐　茵

出版发行	四川文艺出版社（成都市槐树街2号）
网　　址	www.scwys.com
电　　话	028-86259287（发行部）　028-86259303（编辑部）
传　　真	028-86259306
邮购地址	成都市槐树街2号四川文艺出版社邮购部　610031
排　　版	四川最近文化传播有限公司
印　　刷	成都东江印务有限公司
成品尺寸	120mm×184mm　1/32
印　　张	4　　　　　　　字　　数　80千
版　　次	2017年10月第一版　印　次　2017年10月第一次印刷
书　　号	ISBN 978-7-5411-4791-3
定　　价	38.00元

版权所有·侵权必究。如有质量问题，请与出版社联系更换。028-86259301

Bright Ambush

Audrey Wurdemann

目 录

明亮的伏击 ... *1*

爱的瞬间 ... *5*

献给伽拉忒亚 ... *7*

献给爱神 ... *8*

一句话 ... *24*

收　获 ... *25*

沉默的声音 ... *26*

飞翔的快乐 ... *28*

我是参孙 ... *29*

鹰的翅膀 ... *33*

圣乐的诗 ... *38*

挽　歌 ... *39*

秋天的孤寂 ... 40

金色的恩典 ... 41

埃尔辛诺的湖 ... 42

她怀着全部的虔诚 ... 44

在丝绸般的手上 ... 45

休耕年 ... 47

歌颂时令的流逝 ... 49

萌　芽 ... 50

编织者 ... 52

春之歌 ... 54

微观世界 ... 55

"沙滩上的萨梯们" ... 57

久远的、未见过的神 ... 59

俄罗斯狼犬 ... 60

只有燕八哥 ... 61

寒冷挽歌 ... 63

太阳的东方 ... 65

书籍和玫瑰 ... 68

山　月 ... 70

以实玛利 ... 72

流浪的犹太人 ... 74

赫利阿加巴鲁斯 ... 76

亚细亚的天使 ... 78

银色的钉子 ... 81

复活节在惠特比 ... 85

春天里的贾尔斯先生 ... 89

在三叶草下 ... 91

珀尔塞福涅 ... 93

鞑　靼 ... 95

柳　荫 ... 97

水手的乐园 ... 101

静谧的睡眠 ... 103

出　生 ... 104

高高的蓝风在歌唱
——译后记 ... 105

明亮的伏击

带着欣喜和惊惧

我走进明亮的埋伏，

这粗鲁而可爱的动物

踢踏在我的胸脯，

骄傲的心啊

比以前更骄傲

因为它持有

生活的金奖。

既不是大流士[1]也不是潘[2],

亚洲人或非洲人,

束缚着这样一个

有着强壮活力

困兽犹斗的身体。

灿烂的不朽也没有

通过任何门口,

带着暴力或艺术

进入我空洞的心。

但不知从何处,它突然

出现,像一片火焰。

我并不恐惧,

---

[1] 大流士:指大流士一世(Darius I the Great),波斯帝国君主(前558-前486)。出身于波斯人阿契美尼德家族支系。大流士随冈比西斯二世远征埃及,被任命为万人不死军的总指挥。大流士不仅是波斯帝国的伟大君主,也是世界历史上的著名政治家之一。他自称"王中之王,诸国之王",被后人尊称为"铁血大帝"。
[2] 潘:希腊神话中人身羊足、头上有角的山林畜牧神。

有这种埋伏,
将随着它的气息
把生与死轻易带去。
甚至它将要翻滚,
其惨烈的物质燃烧
使我自己灰飞烟灭,我会
找到致命的幸福。

爱情、力量和荣誉
都是它的名字;世界上
悲惨的幽灵们,在留下
燃烧的踪迹之前
就已逃回。
带着惊骇和欣喜
我走进明亮的伏击,
对于生、死和恐惧
明知没有法律
超越这黄金爪子,

明知以泪水作终结

明知,以这些短暂

而苦闷的历史作终结。

爱的瞬间

无人了解,我一瞬间

在手里抓住的东西,

最完美和最完整的,

最精致和最易逝的,

我的自我,我让它走,

害怕如此抓住不放手,

害怕过多地触摸

会把它玷污。

仿佛,由此抓住,我的,

一条飞鱼,一根银丝,

连着轻纱的羽翼变得宁静柔软,

放进我的手里,依我的心愿,

我的心愿被释放,

像投入大海的月光。

虽然我确信,假使

我把美监禁,它会死

虽然我知道飞鱼

有纤细的刺,我希望

某地,某天,我能抓住这

薄冰似的奇异,冷冷的银子,

直到它多刺的花丝

扎破我的手,伤害了我,

我愿邂逅美,纵使奄奄一息,

依然可爱,胜于它飞翔时。

献给伽拉忒亚[1]

我以不屈服的头颅祈祷：不要唤醒，
让它是大理石，神圣纯洁和高深莫测
是空气，是任何东西；我不为所动，
哪怕长大易变，即使银子熔解。
我恳请这样做：噢，永远别让我找寻
一条吸引你进入肉体的路；亲近你，
然而只是在我紧闭的心灵里。
执拗又很明智，我亲爱的，
唯恐我要恳求生活的完美，
在那儿卑躬屈膝，用我的心焐热石头。

---

[1] 伽拉忒亚：塞浦路斯王皮格马利翁雕刻的少女像，他雕好以后就爱恋上了这个雕像。爱神阿芙洛狄忒看到他感情真挚，于是给她以生命，使他们结成夫妇。

献给爱神

1

当融雪在小溪中歌唱着寻觅,
我找到了你,让我情不自禁唱出歌声;
我将跟随你徒步远行,
在险峻的路上既不踌躇,也不怀着妒忌
看那些悠闲的人,他们不了解
损伤也不认识荆棘;我渴望歌唱。
这你赐予我的恩典——在崎岖的小径上,
阴影重重,我已迟缓地久久徘徊。

我是你的侍者,鞍前马后地效忠,
像古老的民歌里唱的,我拥有信物,
你疲倦的脸色,陡然由黑变红。

在往昔,我会忍受你扑啄的鹰;

此刻,我只能收集你说过的话语,

在计时钟里把它们慢慢敲出叮当声。

2

谁认为爱情是一种奖品,用丝绸

和香料包起来收藏,直到被浪费为止,

希望温柔宁静的色调会停留,

丝绸不缠结,香气也不失?

这样是过分聪明的愚蠢,

谁对着黄金般的春天把自己遮蔽,

将看不见眼前的太阳,

也无爱情召唤甜蜜搅动的血。

爱情就该趁活着时花费;爱情是

一支蜡烛,要对着黑暗燃烧

超越我们高耸的影子;别长久地

把玩、测试和取笑它;请安静,留意

那迟缓的人必定怎样将欠债还清

当一星火花绽放于渴望的灯芯。

3

"来窗前。"他说,紧挨着,

站在月光里。那是纯洁的月亮,

小而白,一小片白云就把它盖住,

我们知道星星的火花不久会降落。

我们的披肩是寒冷的空气;

能闻着霜冻味道,呼吸是结霜的雾,

如闷烧将熄、虚弱的火之幽灵,

我俩都不激动,默默无语。

在远方雷声隐隐的音乐里,狮子座流星雨

突然混合,美与疯狂搅和在一起,

我们看见徒然绽放的蓝菊,

惊呆地站在窗里,

永远钉住,旋转着,猛烈而遥远,

在一颗疾飞的白星的长矛尖。

4

然后,不是金子、银子和铁,

而是科林斯青铜,我们的爱情被焊接

成一张盘,一个摇摆的车轮

那被永远摧毁的戒指,仿佛在地狱里

拉达曼迪斯[1]把一面铜锣敲响,

在秘密会议中召唤所有死者,

---

[1] 拉达曼迪斯:又译为拉达曼提斯。根据古希腊神话,拉达曼迪斯是欧罗巴公主和宙斯的儿子,与萨尔珀冬、米诺斯是兄弟,是第一代克里特岛国王,被宙斯认为像天神一般威严,后被米诺斯和波塞冬勾结陷害,流落荒岛。在那里拉达曼迪斯与阿尔克墨涅结婚,生下两个儿子。拉达曼迪斯死后,与米诺斯、艾亚哥斯并称为"冥界三法官"。后来他的名字化为单词,意为公正的法官。

依旧盘旋在尘世,那重复的歌将飘荡,

然而数百年流血,一如既往。

这种爱情,最珍贵最永恒,

不是柔软的熠熠燃烧的黄金,

也无迅速耗尽的银子光泽,

很快就要伤痕累累,饱经风霜而苍老褪色。

而今从利剑碎裂的蛮荒土地里,

我们将科林斯青铜在双手间托起。

5

有人说,我也为任何测量自豪,

并自以为是国王的品性,

不参与生活,也无任何乐趣,

发现活着是贫乏的事情。

有人说,我决不会因为害怕

某个更热切的渴望而泯灭一个渴望,

而且,伴随着,我会被遗弃,

而且,被遗弃了,还会被诅咒。

纵然我骄傲的金属擦亮了,

嘲笑对象是我的头盔和自大我的无袖外罩,

黄铜铠甲暗地里锈蚀了,

自从我把剑密封于剑鞘,

并撒谎来维持你的爱,又乞讨又偷窃,

纵然我被车轮碾碎。

6

如今痛苦仿佛被雕刻在青铜上,

微不足道的时刻来了又去,

任何将它拖延的计策都徒劳无益,

任何要给它穿的伪装是必然的方式。

我已观察,就像在碎裂的玻璃中,

某个美的碎片;我已见过快乐的污点

在痛苦的弧度里变成棱镜一般,

而那对于任何情侣应已足够。

亲爱的,我不会用我的照料挽留你,

虽然那是我的权力;我只想,

弄清你如何被损伤又被缝合,

会拯救你的悲愁,限制你的哭泣,

而且将手指放在命运之上

令这一刻无限延长。

7

不要让迫近的忧愁动摇我们,

因为每次悲伤使全部悲伤增多,

押沙龙[1]吊挂在树枝上

---

[1] 押沙龙:大卫王的宠儿,反叛其父,战败后被杀。(《圣经·撒母耳记》下13-18)

比他在多年前的吊挂更沉重，

在一阵黑风中模糊地搅动；

我们的愚蠢被绞死；爱情可爱的冒险

被责难，仿佛爱情本身有罪；

我们的忧愁摇摆于盘绕的计策。

让闪亮的头发被剪掉；他吊挂得太久了。

未获得的苦涩的悲伤！哦，押沙龙，

树枝太粗；圈套太厉害。

旧岁去了，接踵而来的是短暂新季节。

因为所有眼睛，因为好奇的人们看见，

这中毒的沉重死者在树上吊挂得发黑。

8

此刻，当你看见你的全部容貌

映现于我眼中的深切凹雕

如水映倒影，你必定知道

我是忠诚的、易变的,而且不明智。

在记忆里我像年幼的猎犬

一样忠诚,而一旦他爱时

太易变,虽然他,另一个春天,

在一个新主人膝上等待满足。

吹口哨召唤我走上岁月的通道,

我将认识你,并起身走来。

因此当我应该哑且聋时

我将留意幽默,不顾眼泪。

在其中我看见我最不明智,

让你了解我的真相,怀疑我的谎言。

9

这曾是我的梦:我们老了,死去,

绕道来到某个被遗忘的地狱。

我们站在那里,下垂的罂粟花

在水仙中间渗出苦涩的奶汁。
某种慢性的曼陀罗饮料已使
我们麻醉、倦怠；昏昏欲睡，
然而我们的渴望未被抑制，甚至
在忘川里，甚至在忘川的拘留中。

倦怠而迟钝，充满奇怪的不安，
我们在淡漠、漂流的群体中移动，
也不认识在那里的其他人。
沿着那未受祝福的朦胧原野
我听见你的低语，"哦，亲爱的幽灵！"
而我只能亲吻空荡荡的空气。

10

你记得吗，亲爱的，风车转动，
温暖蓝色的深空，宝石蓝的

库雅马卡[1]，当你和我在学着

说甜蜜的话语，发誓我们是真的吗？

而且有完美的平静，三两句话，

在蓝色的水边我们一起漫步，

如今爱情的水晶圈套破碎了，

我们已抛弃风车天气的平静。

我为一个季节保留嫉妒的财富，

不像变暗的一颗星，或点亮的蜡烛，

而是像一个梦；我有充分的理由

珍惜爱情，那么清楚地记得：

你低下闪亮的头，我们的歌，歌唱结束，

风车在阳光下缓缓转动。

---

[1] 库雅马卡：位于美国加州圣地亚哥东区，是著名的风景胜地。

11

曾有太多的音乐和高兴的声音,
在南方月光下同性恋们闪亮的头,
分离的心在冲突的路线上航行,
相遇,纠缠,唱着疯狂的曲调。
于是我们出去,当夜晚是新娘的,
慢慢爬下西面台阶,来到海边,
被那些奇怪的潮汐诱惑
那在畅流深处沙沙的骚动声。

曾有太多的孤独和星光
属于两个忘记如何相爱的人。
在遥远的光下已变得不确定,
迅疾地在舞者中然后我们移动,
彼此看见过去另一个人的肩膀,
莫名地如释重负,理性,更老。

12

此刻,蓝色谜语般的黄昏使来自自我的
阴影溶解,而自我来自单纯的幽灵,
我得到的一切是朦胧的,而且失去,
这些我的仙女的希望,在最精确
最有理由的时刻做的错误决定
在飞蛾之光中化为乌有。现在我知道
一个新突变;枯萎,我变成
另一种力量的形象。

我永远是一个半法律动物,
是教自己改变的时候了。
在这里黄昏呼呼响,而黑血山楂花
这夏日玫瑰令暖风陌生,
我将停止思考,而且
将融入冬天的雪。

13

如果我用一面筛子滤去魔甘娜[1],

从她的静脉里获取紫罗兰色灵液,

那是靠它我会活着的护身符,

没有爱也没有学会让自己在锁链中。

受洗并被命名在那仙女的血里,

聪明地跳过关于结晶的问答,

我会出去,凭借忠实和善良,

走向剥夺空间和时间的抽象之美。

失败的魔甘娜,有爱情和死亡,

这些诗行移动在算盘之上,

---

[1] 魔甘娜:Morgana,传说中亚瑟王同母异父的姐姐。既是贵妇也是荡妇,既是邪恶的巫后也是美丽的仙女。她有两种截然不同的形象,一是美丽的妙龄少女,另一个则是年迈的老妇人,无论她的身份是什么,她通常都是邪恶的化身且精通医术和巫术。多次阴谋杀害亚瑟王与吉妮薇儿王后,试图篡夺王位。被称为堕落天使;亦有泡影之意。

随我的每次呼吸上升下降,
沿着从死亡到爱情的电线滑行。
甚至连同这些,似乎好像我跟黄昏一起
站立,一颗黑珍珠在我空空的手里。

14

曾经我们为哭泣而会称自己太骄傲,
但最终我们是痛苦的懦夫。
对着时间爬行的安逸光彩,
我们贮藏朋友间的一点温暖。
我们从高高的未被践踏的空间而来,
我们是一颗晨星上至高的神
随着风在呼呼响的地方聊天、散步,
因旅行那么远而变得谦逊而沉重。

岁月太渴望我们;岁月已拿去
诞生之痛留下的勇猛碎片

而我们已忘掉被遗弃的火与冰,

我们无法记住被剥夺的东西。

鸟儿啊,你们在灌木丛和荆棘里呼唤、哭泣,

请告诉我们从出生到那个世界的路。

一句话

一个又薄又小的痛苦,

锐利得像一把剑,

在一句话之后,

滑动在他们之间。

这都不是他们造成的。

他们几乎不知道

那曾经锈蚀的刀

怎样尖酸刻薄地穿过。

此刻,他们小心翼翼地走着,

各自顾各人,

他们贫乏而敏锐的沉默

用石墙围住他们。

收　获

喝了你的苦艾酒；

吃了你的欧蓍草；

在晨光里哭泣

像一只刚出壳的小雏鸟。

你有什么，

即使泪水汹涌，

除了一肚子苦水

和痛苦的梦？

没有人需要它们，

没有人愿意

付出一便士

让悲伤平息。

沉默的声音

图案形成了
无一污点
在棱镜般清澈的
大脑里面,

在贫乏的
丝绸衬里的脑壳里
有某种热切的
轮唱赞美诗

一定像只鸟儿,
持续着颤音,
 "哭泣有什么用?
尘归尘。

"战争之后,

失败或胜利:

补偿是牲口,

儿子被杀死。

"什么能缓解

现款和信贷的平衡,

是丝绸帏幔,

还是猩红的腰带?"

"落到尘埃,"

沉默的声音唱,

"成灰,生锈;

别无选择。"

飞翔的快乐

飞翔的快乐,

在天空与我之间,

投下阴影,

永恒。

快乐,穿过

水晶似的空气流,

是一只掷出的矛

或银色的圈套,

而影子投下

在它击中靶子之前,

是乌木镀金

和暗银色。

我是参孙[1]

我是参孙,当你的吻

像飞蛾的翅膀,拂过

我焦渴的唇;我是被选中的人,

穿着紧身上衣和闪光的短袜,阔步行走

穿过困惑的人群,叫喊:

"这是我的节日,我不能死!"

现在我的力量增长超过凡人,

---

[1] 参孙:《圣经·士师记》中的一位犹太人士师,生于公元前11世纪的以色列,玛挪亚的儿子。参孙以凭借着上帝所赐极大的力气,徒手击杀雄狮并只身与以色列的外敌非利士人争战周旋而著名。非利士让参孙的女人大利拉(也是非利士人)套出参孙神力的秘密,挖其双眼并囚于监狱中受尽折磨。后来,参孙向上帝悔改,上帝再次赐予力量,参孙抱住神庙支柱,身体前倾,结果柱子及房子倒塌,压死了在庙中的敌人,自己也牺牲了。

加沙的关口，花岗岩的大门
当我在上帝面前跳动，
它们不比我挥舞的木剑沉重。
因为你的嘴唇是醇酒佳酿，
在我内心倒出庞大的设计
去嘲弄这个嘲弄者——他已造出
影子小丑和阴影的骗子。

我醉了，他漠然，
他无限，我勇敢。
像一只悬挂蛛网的蜘蛛
因此我要向他的栏杆跳去
因此我会走在通往皇宫觐见室的
有飞檐的栈桥上；我会
从梦想主宰手里将梦想博得
（他，造物主；我，阴谋家）
然后穿过远方永久的蓝色后退
我会为你将梦想带回。

然后我们会笑,像狐狸,
蜷起的白在雪里在世界边缘,
笑看身后的踪迹,
确信追赶徒劳无益,
确信风雪将覆盖狐狸的印迹
和他的白狐情人,
而且不会有突然的话语,
甚至也听不见狐狸的笑声,
在沙沙地迅疾飘落的雪下,
躺卧着毛茸茸的温暖身体。

没有我无法行使的权力,
有你的吻作炽烈的庇护;
冰冻的北方,闷热的南方
在你芳唇的茉莉花里混合。
我的心会去高高的天堂,
享用最初的风吹落的果实。

虽然我看见美的虚弱，

它被挣扎的感觉戴上面纱，

我依旧由一种欲望教导，

正被冰与火烧焦，

融入微小颗粒，

观看所有星光灿烂的

遥远的宇宙池，

它们将成为一颗星，

确信迟到的蜜蜂知晓

圣殿玫瑰里的东西。

鹰的翅膀

那么奇怪,离开尘世,飞腾的荣耀,
中箭的荣耀,这伤残的靶子,
依然不得安宁,故事虽古老
并不令人厌倦,仍被讲起。

当兰斯洛特[1]去做隐修士,吉妮薇儿
在阿姆斯堡不停寻找,找不到人
填补空虚的内心,永远灌满双耳
那记忆之泉潺流的声音

---

[1] 兰斯洛特:圆桌骑士里的第一勇士,温文尔雅,又相当勇敢,而且乐于助人。他曾出发去寻找过圣杯,但由于他的骄傲使他没有成功。相传他是由湖中仙女抚养长大,因此也被称为"湖上骑士"。他虽给予亚瑟王许多帮助,但他与亚瑟王的皇后吉妮薇儿相恋使他背叛了亚瑟王,导致了圆桌骑士团的分裂。

在石头铺砌的小径上，能感觉到
他环绕她、迅捷地抓住的手
铠甲擦伤她的胸脯，刺痛的瞬间碰了
他们的嘴唇；从此流言不胫而走

当一个视若无睹的士兵经过时
在开花的树林里不再有激烈的吻
不再有秘密的暗号传递
不再有不堪之遏

久久地等待在窗口，互相思念
从不动摇，哪怕耗尽生命等待
直到双手相扣，用短而飞快的语言
诉说受宠或失宠的爱

海把他们分开；海把情人
从情人身边永远分开，海漫过

他们；海将永远隐藏起

不情愿的你和我。

海是最终归宿：哦，那令人恐惧

却不可避免的终结必然来临。

在时间缓慢的冲刷中我们会变得麻木，

朋友和朋友发现我们。

要么一个憎恨，要么一个死去，

要么两人都沉溺于稠密的满足。

爱的贝壳将随着一声哭喊裂开，

它的物质被耗费。

你要求任何终结都伴随

这烈火点缀和火焰喷溅的激情；

一只小老鼠制造入口；在一吻上结束

那终结必定来临。

憎恨比昏昏欲睡

进入爱的仪式，对我们会更合适，

随着穿衣的肉体上尘封的年岁

欲望不再蠢动，

当我俩宁愿离开，

我俩太受环境束缚而离去时，

将不再有留下的意愿和希望

除了慢慢爬行之外

血液冷凝，依赖现有的

烦恼习惯，善待彼此

用变得愚蠢的心思，看穿

彼此的心思。

有什么值得这样的沉静

爬进我们的心？值得记忆锈迹

斑斑的宝剑，和枯萎、长眠的持剑臂，

是还不确定的信赖吗?

看我们的嘴唇曾怎样动,彼此对应,
每张嘴都像圣杯,以痛苦镶边。
当这样一种爱情通过呼吸进入,
它无法再闭合。

少点爱能够安宁,年复一年,
但安宁比致命之物更令我恐惧。
恰似兰斯洛特和吉妮薇儿,
让我们保留鹰的翅膀;

让我们保留鹰的翅膀,虽然折断了,那也
是骄傲;
别让它被摘掉;让我们像鹰一样飞去
冲下悬崖;因为我们有更响亮的苦恼,
别人不知道。

圣乐的诗

看哪,这简洁的六边形,
蜂蜜和蜂室,
蜂蜡的塔;——摸一下,看见
那些能够支撑着蜜蜂
用毛茸茸的手脚抓附的墙壁
此刻,扭曲和破裂溢出它们的蜜。

看哪,我亲爱的,梦我们看见了,
我们毫无瑕疵地建立的东西,
琥珀和玛瑙的晶体,
时光间隙的节拍,
我们智慧的微观世界,
我们从它吮吸的甜美,
这蜂巢,这圣地
在我手里破碎并渗溢出蜜。

挽　歌

我，曾经的爱人胜过你的影子
却已离异，我仍然为你带来
苍白的花环和星星般的风信子，玫瑰
生的活力依旧在其中呼吸。

在狭窄的壁垒里采集并佩戴它们
那壁垒保存瓦砾堆中的泥土在你的眼睛之上。
佩戴它们永远记住我曾多么爱你，
我们曾多么真实，多么明智。

给你，做一件华美光鲜的外衣，
有网结的半人马衬衫，绣着音乐般的金边，
我编织一块桃金娘头巾；
我的编织给你御寒。

秋天的孤寂

今年九月我为自己驱邪,
霜,落叶,收割完毕。
我不会让它们载入史册,也不记得
阳光里秋天的孤寂。

如果我只有红雀细小的歌声,
勇敢的小麻雀还把铜铃带去,
我会忘掉九月,和那响铃,
那是鹌鹑在山那边低低的鸣啼。

我为自己驱邪;当叹息声落,
此刻,我已禁止蓝风的叹息,
而我困于霜冻,受巫术折磨,
眼里是阳光下秋天的孤寂。

金色的恩典

今天金色的恩典令我喜悦；
夏日阳光已让我焕发活力，
而从剩下的一点儿昨天里
种子落地生根，花朵向我致意。

昨晚我把耶稣受难像安置于
卡佩斯特拉诺眺望大海；
在那些冷漠陡壁里我醒悟了迷失。
今天生命在我内心重生再来。

我会为任何绿色的生长而高兴，
为棕榈的风姿，我的脉搏变得慢而沉。
我将找到安宁，虽然安宁
只是满足于林荫道上移动的阴影。

埃尔辛诺的湖

去埃尔辛诺的路上,
我看见三只燕子飞翔,
在靠近海滨的山那边,
高高的蓝风在歌唱。

现在埃尔辛诺到了春天,
当我看见燕子振动羽翼,
蓝色湖面上银色珠链
显出风是如何奄奄一息。

比这蓝色更蓝的远处,
是它们的翅膀,
比白云更苍白的胸脯,
悬停在山的上方。

他们曾迷失于卡米洛特,

还是曾迷失在罗马,

或者在一个隐蔽处曾有巢穴,

而且是他们经营的家?

我将返回埃尔辛诺,

寻找飞翔的燕子,

因为青山腹地是世界角落,

生长着暗淡以及乏味的东西。

我将回去做一个梦,

在落下的羽毛里找到安恬,

在埃尔辛诺,蓝风

吹过开花的石楠。

她怀着全部的虔诚

她怀着全部的虔诚

躺卧在土地里

远离亲密的友人们,

这是最残酷的打击。

尽管她被安放于羊绒中,

深深包裹在雪白里,

这里没有为女士点灯,

黑夜也无眼窥视。

独自伴随着颤抖的寂静,

独自伴随着她所有的恐惧,

寂静发出的细小声音

总是在她的耳朵里。

在丝绸般的手上

在丝绸般的手和天鹅绒爪子上,
死神放置类似他的爪子的东西,
并用这些制造,当岁月耗尽时,
某种骨头的遗迹。

因此我必须,因此我愿意
抓住粗糙与光滑,迅捷与静止,
这树的皮,这致命的花儿
那一小时就褪色凋零的花儿。

即使倏忽即逝的风信子
我手指的大柱子
会碰伤它水晶似的肉质,我必须
探索,在我未归于尘土时。

石头、冰和俄罗斯羔羊皮

应在我的掌握和指距里。

当死神偷窃这有感觉的部分时，

他将觉得我的手指在他心脏里。

休耕年

在果实累累与
休耕地之间
这个词是失去,
这意愿是空的。

当结果的
季节到来,
歌唱,叹息
最好是沉默。

休耕年
是思考之时,
什么不是
希望和愿意的。

对于手指拨弄

一点儿破碎的东西,

休耕年

足够有益。

为了梦想超越

不幸的书页,

在崇高的诺言

崩溃的边缘。

写在它们身上

无人听见,

这是休耕年的

用途。

歌颂时令的流逝

现在我赞美它们,夏日,春日和秋日,
春分和秋分,
大地如此可爱,如此热情洋溢,
这样保留一段变化,保留这些时钟
以告知时间将绿色拨转到金色,
只有甜美的葡萄使我们懂得苦涩;
仲春,盛夏,一年变老;
一朵花儿含苞欲放,另一朵花儿凋谢。

我可以哀叹没有时间航行,
没有消逝,没有出生,没有忘记。
没有密封于晶体里的琥珀瞬间
我将为我自己夺取,打破命定的结局。
这是完美到不完美来
认识一刻,并忘掉一切。

萌　芽

种子由于播种

爆裂而开绽，

突然伸展

成蓝色火焰。

超过这迅捷的奥秘

没有历史

旗帜临风招展

一个高傲的名字。

有奇怪的欢笑声

在根须里追逐

大地的奶汁

在大地黑暗的胸脯。

有尖锐的哭喊

在断芽的奄奄一息中,

在盛开的花冠

诞生之前。

有艰辛的劳动

刀耕火种

在叶子的绿芽

苏醒之前。

有欢笑和哭泣

在覆盖种子的沉睡里,

生命之梦摇晃着

肿胀的外壳。

编织者

带着天花板上的网和墙上的网,

编织者的披肩遮暗走廊,

编织的人们寂静的空间

从半开的门到楣栏

再回到铰链,这束缚之丝的

踪迹造出一个编织明星。

那些老纺织者有瘦小的腿,

全都蜷伏于织布机的座位;

而且,黄昏里,或外面雨

下着忧郁,在过于寂静之处,

假如有人把光明带给生活,

纺织者的眼睛会发光

如烧红的木炭,连同长久凝视

那被拉紧的网的小小视线。

即使任何人叫喊又叫喊,
编织者们终归不发一言
但从那些吊坠的宝座上
会发出膝关节爆裂的声响。

春之歌

甜美的野茱萸佩戴它的花朵

在寂静的、阴影交织的钟点穿过,

象牙罂粟把一颗星星造,

那儿有知更鸟和延龄草。

紫荆树滴下深红色的泪点

从每一个螺旋形的指尖,

而主教的牧杖纷纷显露

以拂去金色姜根的尘土。

那么,采集她所有的美丽,

春天走了,丢下我们没留地址。

微观世界

随着一阵巨大的咔嗒声响,
蚂蚁从地下出来把鼓手当。
在青草旁边趴着眼对眼,
我看见走过它们的装甲军团。
每一个跟随者似被铜链焊接,
纪律严明地行进,把艳阳品味。
那有羽毛的飞蛾攀爬上茎秆,
夺去她用羽毛装饰的王冠。
这盾牌形的叶子,半透明的,
像一面窗安装的哥特式玻璃。
是巨人们在一个巨大的地方,
这里有草地、阴影和太阳。
我,趴得如此之低去俯视,
是大以至于无穷大。

那美人蕉和卡马夏[1]的身影,

每一个都像惊人的高个儿明星。

突然而迅猛如阵阵炮火,

百合把金色花粉撒落。

越过土地和正下方的低处,

一个沙沙作响的东西正匍匐而去。

无数的声音和怪异的形状,

在我眼前被放大和夸张。

而在每一个挣扎的角状根部,

有限之物遇见绝对之物。

---

[1] 美人蕉和卡马夏:北美产的百合科植物。

"沙滩上的萨梯[1]们"

看！这里，偶蹄的足迹，

  那里，又有；

萨梯们已经逃走了，折回

  在旷野绕圈子。

想象它们刺痛的耳朵，翘起的，

  头歪向一侧，

听那儿。当一块岩石，

  咔嗒响，大面积滑落，

想象那瘦削的棕褐色大腿

  受惊吓的一闪，

蹄子的咚咚声，在掩盖

---

[1] 萨梯：古希腊神话中的森林之神，具部分人身和部分马、羊身，好女色。

谎言之处的踢踏。

这里是旷野，光秃秃的，

　　　只有足迹。

瞧！在灌木丛里，那儿，

　　　是被擦亮的黑色，

在缠结的毛发下，

　　　一只眼往回窥视！

久远的、未见过的神

我的血统可以追溯到那些高大的人物,
他们为眼前遭受的不幸,
在星光灿烂的夜空下,
召唤不会降临的神。

哦,在我确信之前,
我必须有一个来自你们的标志。
我不会在一只虚无缥缈的袖子上
把这个人缓慢的心脏刺激。

出来,把蛇变成绿色,
并让灌木成为火焰,
你不需要名字,
在我给你命名之前。

俄罗斯狼犬

这位朋友从旷野上走来,在那里
独角兽像流淌的银子,在树下打转,
急切地刨着,抖动他磨亮的蹄子,
穿过野草丛生的荒凉苹果园。
这儿他玩耍过弓形脖套,那骄傲
灰白的动物们嘶鸣,相互应和又中止
像风铃停息;他已在这儿大声吠叫,
警告瘦弱的灰狼,胆敢冒犯他的宴席。

风掀动他的侧面,翻转,像白色的火点燃
水丝绸般的外套,他的动作烦躁焦急,
用鼻子在微风里嗅着,而突如其来的声响
让他的眼睛投射出充血的贪婪
他看到独角兽心形小蹄子
扎在野草里,踩踏在这陌生的地上。

只有燕八哥

只有燕八哥会执着于
他的一个调儿;画眉
像植物学家翻来找去
蜜蜂在绒毛里用粗喉音讲嘴
而那个悦耳的口技表演者
布谷鸟,无法沉默。

还有这个好呵,那个好呵,
夏天用不着死神。
蜗牛在蜷过三次的壳里蜷着
分享一点儿烟熏气息
静等冰冻解开符咒
那冬天里禁令的终止。

只有燕八哥:所有的休息

是唱着一百首火之歌

来避开冬天,唯恐它以

吞噬他们及其欲望为乐;

只有燕八哥的口哨吹得溜

他独个儿的调子很清楚;蜗牛

留下一条歪歪斜斜的银色小路;

只剩下,当冰冻结束,

在死三叶草的根须里遗失的,

一根镶红边的羽毛,一只红嘴唇的壳。

寒冷挽歌

五根乌木似的叉
是鹿角。
皮毛被蚀刻
在白鼬似的毛皮里
黑蹄子伸出
穿破冰的
足迹，扩展
美丽洁白的花边
在厚厚的松针上。
雄鹿伫立，
大理石雕像
在雕刻的森林里。
而有人会看见
那棕红色的瞪眼

星星的红宝石

在他的凝视里。

然后他消失

在远处的灌木丛中,

而所有冻结的

森林肃静

碎裂于

碰撞树枝的

突然声响

和敲击地面的咚咚声。

太阳的东方

在什么世界那些歌手

此刻用精致纤细的手指

拨响黄金的竖琴?

他们既不疲惫,也不老;

是他们的织机随着编织结网,

或纺纱杆上的亚麻落满尘埃?

是他们的头依然因悲伤沉重,

而他们的心怀着苦涩的信赖?

是他们不会承受死亡,

仍被困于一个循环的世界?

是他们青春而美丽?他们在叹息,

因他们的手在琴弦上卷曲起来?

"死亡增长

在岁末。

霜在荆棘上

在迟缓的清晨。

我们已渐渐变得寒冷,

孤单一人。

我们曾祈求

永远可爱

现在发现被出卖,

死神属于恋人。

连他也逃避我们,

他可以释放我们。

在岁末,

死亡增长。"

在什么样城堡似的窗里

坐着那些高个儿苍白的梦中女人,

她们的亚麻在落满尘埃的窗里,

她们的双手像奶酪一样雪白?

那个哭泣的女人是谁?

谁敲击那高高的拱门?

谁金黄色的发辫

垂落在阳光照射的地板?

书籍和玫瑰

一个老僧侣修剪着玫瑰说,"世界
像一枝玫瑰,新流行造型,新展开,
比以前的花朵更新鲜、更丰富,
在它的花蕊里用杯盛着更甜的蜜,
更浓厚的花,上下重重花瓣
紧压着一顶更辉煌的花冠。
我将依旧跪下直到弯成圆背,
挣扎着从地上去拨动这样的玫瑰。"

严格地,住在黑暗藏经楼里的小屋,
老僧侣写下即将来临的爱和愤怒,
说,"世界像圣贤们的书,
书页上印有骄傲的人物,
金更多金色,蓝更强烈,

白更纯洁,胜过寒冷的清白,

我依旧会挣扎,直到眼睛失明,

而我所有手稿放成土黄色,也没署名。"

有一座花园满是浓密花朵,

玫瑰鲜红,它胸中爱情似火;

有一份羊皮纸卷,上面圣言

是天堂鸟迅疾的唱诗班:

眼睛变瞎;肩膀变歪斜;

一边留下书;另一边留下玫瑰。

山　月

在跪着熟睡的银色绵羊上
月光的白霜正在下降,
微弱而凛冽,在山那边,
高原牧场的女孩们在呼唤。

悦耳、高亢,冲着天空,
她们尖细的声音飘荡,
一片片明亮的火花;熟睡,醒来,
牧羊人在梦中翻动。

"从你的羊群上来,哦,牧羊人,
你使你的部落最柔顺;
从你破烂的粗羊毛衣服上来,
尽你所能找到我们。

虽然低地的你变幻莫测,

我们因为夜晚而忠诚。

因为月光白镰所及的范围,

你可以在峰巅上寻找我们。

从你的破烂里起来,你这落后者,

你会追求低地姑娘们;

来峰巅瘦削的地方,

和新月环绕的边缘,

离开你沉闷的睡眠,哦,做梦者,

高声吼叫高原牧歌,

引领你前进一点儿,

你将会长久跟随。"

以实玛利 [1]

谁的名字叫夏甲 [2],她的心里

携带着贝尔谢巴 [3] 荒野的严寒吗?

从这样苦涩的血里,哦,多么奇怪的孩子

将通过阴郁的宽恕之痛带来?

他被叫作以实玛利;他的名字,欲望;

他的意图,未实现;他没有用处,

是有害和秘密的人,

是无壳弹的炮火之灰。

四千年过去、结束之后

---

[1] 以实玛利:《圣经》中亚伯拉罕的庶子。
[2] 夏甲:《圣经·创世记》中撒拉的埃及女仆,由于撒拉不孕,将夏甲送给丈夫亚伯拉罕作妾,生育子女。
[3] 贝尔谢巴:巴勒斯坦城市。

夏甲的怀疑仍能让人们盯着；
夏甲的泪水还在新袖子上带着
同样黑色的悲伤而不育子
无所慰藉，愠怒而羞耻，
她自己不忏悔，她的罪无名。

流浪的犹太人

那是傍晚。我们看见他

走过薄暮的鹅毛大雪,

披着黑貂皮斗篷步履徐缓,

像瘦高个僧侣,神态庄严。

我们,隔着蒙霜的玻璃站着

注视蹒跚的陌生人经过,

他曾有温暖的家,点亮的蜡烛,

而我们待在火炉旁,心满意足。

什么使他傍晚来?什么让他走

毁坏灰烬般柔软的白雪覆盖?

他把背包落在我们受庇护的门旁,

但我们以前曾听说过犹太人。

我们猜测过他的眼神意味深长

带着某种意图蛇也似沉稳;

我们说,"对那种戴着头巾隐藏起的小眼,

一件神圣的事是被禁止的事,

不管他来自兰斯还是威尼斯,

我们不想要一个他忘掉的便士。

这是一个诡计;他指望偷窃

我们的银亚麻和金玉米。

不管来自莱昂尼塞[1]还是伯利恒[2],

对于他这类人,我们太聪明。"

我们用两根交叉的棍棒拦在门槛上,

我们全都用手指摸过耶稣受难像,

在倾斜的蜡烛旁静静地待着,

当他摸索着门闩试图将把手抓握。

然后,老老幼幼,我们看见他趔趔趄趄

黑夜陪伴着,穿越风雪。

---

[1] 莱昂尼塞:旧时英格兰西南部地区,据说现已沉入海底。
[2] 伯利恒:巴勒斯坦中部城市。希伯来文原意为面包之家。人口约3万人的小城,由于是耶稣出生地而闻名世界。伯利恒位于犹太山地顶部,耶路撒冷以南,海拔680米。在历史上曾经被众多的帝国所统治。

赫利阿加巴鲁斯[1]

在梯田的夹竹桃林里,

他停下听潘达洛斯[2]的传奇,

那边,齐肩高的仙客来

在屈尊俯就的茎秆上摇摆。

他的眼睛发直,他的嘴巴是红色,

像熟透的石榴方才流血。

赫利阿加巴鲁斯,披着斗篷,戴着王冠,

把黄金和乳香都踩进地面。

在他身后,成双成对光闪闪,

踏步着他的有万字饰的随员

携带咔嗒响的剑鞘;沿着碎石

---

[1] 赫利阿加巴鲁斯(203-222):罗马帝国皇帝(在位时间218-222)。
[2] 潘达洛斯:希腊神话中的利比亚人领袖。

斜眼太阳让他们的影子纠缠在一起。

成双成对,为了大祭司的缘由,

像黑天鹅在暗紫的湖上遨游,

成双成对,没有怜悯或宽恕,

将点缀着猩红色的花园围捕,

直到他们来到那座被磨亮的祭坛,

在那里他是神,他的罪孽是诗篇。

一把闪亮而迟缓的剑偷偷溜出剑鞘,

弯成弓、下沉,而傲慢的花环

从那颗头上滑落,狂野如火焰,

他喊叫了一声,他说出一个名字。

然后践踏在罂粟花上,成双成对,

踏步后退着这皇帝的亲随。

亚细亚的天使

绿松石色,天青石蓝,

珍珠,球形红宝石

颗粒状的火

变成一棵树,一个火葬柴堆,

吉尔伽美什[1]看见了

这棵树,当他建造

巴比伦塔时,那颠簸的饰有宝石的鲜花

神奇的闪闪发光的网眼。

从燃烧的树上落下

(啊,上帝使摩西眼瞎!)

---

[1] 吉尔伽美什:美索不达米亚神话史诗中的传奇英雄。首见于苏美尔石刻印章。是《吉尔伽美什史诗》中的主角,女神宁孙之子,被描写为三分之二为神三分之一为人,但非永生不死。

出现了一个并不放纵的火焰,

出现了一阵不是风的风,

出现了一片欢快的不安,

最后一个亚洲天使,而且最小。

她像果实从树上掉落,吉尔伽美什

看见了,变得害怕。

她不是从任何人类肉体分离出来的,

她优雅地,做了几圈宽阔的俯冲

在一个奇怪的图案里

用看起来像乳白色薄冰的翅膀

舞着、蘸着

在那种神秘的空气里。

瞧,她旋转时,她的肉体之火

战栗、褪色,红宝石色变成玫瑰色;

因此,视力疲劳的吉尔伽美什

看见了一个无人知道的东西,

看见神仙变成凡人,褪色、死去

合拢翅膀盖住她小小的身形

并听见一瞬间那颤抖的、惊心动魄的哭喊
当大自然欢快的暴风雨搏斗时；精神变成肉体的
终止，一个短暂的降落，
但她曾是人，由于在哭喊耗尽之前
那哭喊的持续。

银色的钉子

雅亿[1],雅亿,

银色的钉子,

打击西西拉的太阳穴

像冰雹。

雅亿,雅亿,

你会做何事?

虽然情人是假的,

但爱情是真的。

哦,你,发誓

---

[1] 雅亿:《圣经·士师记》中杀死迦南军队指挥官西西拉的希伯来女人。

为战神,死神,

不再需要终止

爱人的呼吸?

她知道他的胸脯

温暖,而血

涌向她的前额

泛滥。

她知道他的怀抱

宽阔而黝黑;

她举起锤子

并且挥下。

她知道他的双眼

怎样转动冰霜之蓝,

某种古老的恶意

将它击穿。

"雅亿，雅亿，

还有银色的钉子！"

打锤、击鼓，

像冰雹奏乐。

使它发出叮当声

伴随着人群上空的铙钹，

而且称之为号角

尖利而响亮。

有小号的凯旋

盖过嘈杂，

但没有一点儿平静

这丝绸似的声音：

"雅亿，雅亿，

啊，火玫瑰，

啊，我欲望的

乳脂花蕾；

雅亿，雅亿，

我筑巢的鸟儿——"

这就是雅亿

听见的声音。

复活节在惠特比 [1]

冷酷、苍老、勇敢的女修道院长走了,

穿过庭院,穿过李花飘落的

雪,花瓣层层叠叠,

盖住石头和铸铁。

在高高的橡木门旁,她站着,

等待后门的栅栏落下。

沿着石阶,走过石头,

这神圣的希尔达独自前行,

在她身后大门关闭。

她太早出来寻找杯状的野玫瑰,

蔷薇和山楂果,花朵和草莓,

---

[1] 惠特比:英格兰北部海滩旅游胜地。一座古修道院矗立在高高的悬崖上,俯瞰着小镇,曾是"吸血鬼"的灵感来源。这里有探险家库克船长的纪念馆和雕像。

橡子、苹果和黑樱桃。

现在出来在牧场里，对她来说没什么，

但一条小溪流过，轻咬它的影子。

现在离开草地，对她来说没什么，

但湿漉漉的欧洲蕨高过她的膝。

她站在峭壁上朝南望去。

海上吹来的风在她嘴唇上是咸的。

蓝色变成珍珠色，珍珠色变成玫瑰色，

在她视线尽头，海洋消失。

大地是一只杯，有深红色边沿，

而她是最远的边沿上的斑点，

高，孤独，戴着白头巾，

今夜此时，在北方她可能会温暖。

穿着毛皮和羊绒，穿着猩红色和蓝色外套，

傍晚从头到尾她会很愉悦。

一个国王在她右手，一位君主在她左手。

但她像一只被卡在一条裂缝里的鸟儿，

她的翅膀朝后抽紧，她无法动弹

从那夹住她的粗糙岩石里移开。

她的脚在湿透的木条上变得冰冷,

当她颤抖时,她的钥匙在她的十字架上

一度发出叮当声,而且,拢了又拢,

紧裹住斗篷御寒。

她听见晚上昏昏欲睡的钟声,

赞美诗,轮唱赞美诗,

欢唱着,欢唱着,从每张喉咙里,

一个调对着二重调,

从金色的僧侣们和银色的修女们发出,

而且某个人如她过去一样年轻。

这神圣的希尔达转身走了,

穿过高高的大门,并听见它关上

对着海,对着大地,

对着生命,对着诞生,

对着梦,和做梦者的饥馑。

但在洁白的花朵之下她欣喜——

为赞美诗和歌唱的声音,

为点燃的灯和打扫干净的大厅,

以及回廊墙壁上多瘤的藤蔓,

为春天湿透的土地打动人心的甜蜜,

以及她歇歇手的粗糙黑树皮。

春天里的贾尔斯先生

小个头,衣冠楚楚,精明而快活,
四月的一天贾尔斯先生款款走过。

在栗子花下他鞠躬,对着有裙撑的裙子、
阔领毛皮外衣和那些俗丽的装饰。

在栗子树下他的风流潇洒
只是高明的罗曼蒂克的小浪花。

小腰束得苗条的女士们像知更鸟飞跑
让她们的衬裙在阳光下闪耀。

今天贾尔斯先生在树林里溜达,
那儿有风雨侵蚀里嘎吱叫的松鸦。

他用纤细的手指转动他的手杖,

避开雨水依然逗留的洼凼。

而他闪亮漂染的胡须和闪亮的松鸦

在这湿透的春日都朝女士们哼哼哈哈。

在三叶草下

在三叶草绷紧的
根须下面
如今乔克必定躺在
初恋情人身边。

不管怎样他来了
依然流连忘返,
而安妮在他身边,
在这山下面?

小而单纯的安妮,
强作欢颜,
在她爬进这
土地的床之前,

说,"把我放在他身边,

当我们长眠,

我会将乔克

好好陪伴。"

他爱过一百个情人

对他而言,

这是唯一的安妮,

在三叶草的覆盖下面。

他的骨头会不见,

而他自己已自由,

当他与她结成连理

便生生世世相伴。

珀尔塞福涅[1]

当她第一次来到那里时,冥王哭了,

他涕泗纵横,满脸泪水,

在她被指派的地方,

她很适应地入睡。

她将小地狱分类,

用碗橱装火,

而把往日失去的欲望,

放在井字格。

她让爵爷屈尊

---

[1] 珀尔塞福涅:古希腊神话中冥界王后,是宙斯与农业女神德墨忒尔的女儿,被冥王哈迪斯绑架成婚。

去收拾地板上的灰；

她管制暴风雪天气，

擦亮冥府的门楣。

在这样干净的空间，

恶魔不愉快。

她说那是不可饶恕的罪，

他必须保持清洁！

如今，在几百万年之后，

（因为时间能导致和解），

他怀着相当于人类的恐惧

蹑手蹑脚在他们住宅周围。

凭借恐吓，他让半人半神的精灵们

从争吵中跑出来，不时地，

他捉拿他们中每个人的妻子，

带出人间世界。

鞑 靼 [1]

在散落的碎石片下面

铃铛哑默,也无任何人,

多少世纪摇落,花瓣重叠,

从打败的刀剑里绽开的花之歌;

当铸造的青铜变薄,失掉红色,

也无任何人搅起浇注于其中的血;

也无任何人对生者发出叫喊声,

并听见它,回答,高兴。

这就是一只被埋葬的铃铛的命运

带着要讲述的所有可汗的传闻:

这儿将只有鬼魂来谛听,

尘土深处没有能闪光的事情,

---

[1] 鞑靼:对欧亚草原游牧民族的泛称。

而卵石就闪亮如钻石，或有两颗，

从一只蒙古大帝的鞋子里掉落，

这儿将只有一片更深沉的静寂

超过睡眠者周围的任何安谧，

而眼光尖利的老鼠毛皮像锈一样

它的脚印透过加深的尘土闪亮。

柳 荫

水闸旁的玛格丽特
拾起一朵漂流的紫茉莉,
撕下猩红花瓣朝太阳抛掷,
狐疑于情人消失之地。

水闸旁的玛格丽特
闻着新割的干草气息,
注视着颤抖的银色急流,
寻觅于情人消失之地。

玛格丽特,在银黑色的
水柳下,看见一行足迹出现
偶蹄尖,刺戳于小树林
和潺湲着新绿的流苏之间。

她看见三个四肢轻盈的萨梯[1]

爬向林荫凉爽的池塘,跳跃

泼水,并用一种语言喊叫

那语言比地球更古老。

她的情人很美;她的情人很高;

这些东西敏捷而狡猾,全部

是红棕色和红色在莎草里。

玛格丽特沿着边缘匍匐。

侧身经过一棵柳树,

听见它们仨的笑。

然后她突然间弄出声响,

它们在柳荫下砰地一跳。

---

[1] 萨梯:见《"沙滩上的萨梯们"》注释。

她看见受惊吓的金眼,

疑惑而惊讶地睁得溜圆。

两个逃了;一个最胆大

紧紧抓住她后,又放开她,

在飒飒响的柳弯滑落,

离去时把种子蕨摇动着。

她听见阻碍物的爆裂,

她看见墨玉般闪亮的水蛇

蜷曲又伸开;循着嘲弄的笑,

她随后呼喊着,踉踉跄跄地跑,

她的心要从喉咙里跳出。

某只看不见的小鸟在森林深处

吹奏着一支口哨小曲儿

是她听到的全部谜语。

也不是那同样爱她的情人

在她触摸了萨梯的毛皮后。
他永远也不知道他变成了
无味的葡萄和苦涩的啤酒。

而且,虽然她给他生了儿子,
似乎在家务中得到满足,
却梦见在幽暗的柳林里,
她追求山羊似的兄弟关系。

水手的乐园

水手被一阵风的暴怒扬起簸去
会发现这里暴风雨的一瞬间
突然把他带走,他的安息处温暖
有发出磷光的鱼照亮他的路!

别让他们的骨头被冲上异乡海岸。
让白色泡沫变得美妙而亲密,
任何尘世上的人都有意
用桨手将这些蜿蜒的洞穴试探。

他们将沉落到安宁之处,
把躁动的肉体变成静默之物,
小银鱼有羽翼的鳍翅,
将穿过从肋骨到肋骨的路,

并认识眼睛的间隔,被航海

扭曲的手,强硬手腕的奇妙,内踝

套外踝的踝骨,然后他们会忘记,

在追逐的小金鱼闪烁的尾部里。

如此这般的港口;阴沉的水域祝福

这些多珊瑚的骷髅。这里是最终归宿,

泡沫下的深处是一座沦陷的城市,

在那里一切是轰隆声而后沉寂。

静谧的睡眠

疲乏的大脑已不再思想

为未唱的歌,为未找到的星。

疲乏的大脑已不再需要

赖以为生的只言片语。

让那里有必然和安宁

舒展如一根羊毛缓缓下沉。

哦,让那里筛选一个足迹

在尘世之脸上的土地,

只有静谧,守着那些

影子,静谧的睡眠,

少梦,少呼吸,

少醒,少死神。

出　生

只是知道出生

少于长成,多于成长。

出生需要更多

而拥有少于以前。

蜷曲在天鹅绒子宫里,

或被沉默庇护于坟墓,

从这里出去只是

出生,而且孤独。

高高的蓝风在歌唱
——译后记

一

古今中外不乏弱龄早慧的女诗人，如果说她们像美丽温柔的光芒照亮文学的夜空，那么奥黛丽·沃德曼就是其中一道炫目的北极光。少女时代，她声称自己是伟大诗人雪莱的玄孙女，其实她的家人与雪莱的血统并无任何关联；她是亨利·范德比尔特·沃德曼博士和梅·奥黛丽·V.弗林的女儿，从小在家里受教育，很早就写诗，11岁才进入圣尼古拉女校。14岁时，在报刊上发表了24首诗。乔治·斯托灵读到她十几岁写的一些诗歌，为她的才能所感动，帮她在芝加哥的"书籍阶梯"出版社出版了处女诗集《丝绸之府》，这时候她还是豆蔻年华的中学小女生。上大学之后她到东方旅行,1932年获得华盛顿大学文学学士学位,毕业后来到纽约。在这儿,她遇见诗人、哥伦比亚大学的诗歌讲师约瑟夫·奥斯兰德。一个是"小荷才露尖尖角"的天才美少女,一个是风华正茂、功成名就的诗坛大家,两人可谓一见钟情、一拍即合,1933年结婚,沃德曼成为奥斯兰德的第二任妻子。婚后这对神仙伴侣在事业上彼此砥砺、比翼齐飞。1935年她刚刚24岁就凭借第二本诗集《明亮的伏击》赢得普利策诗歌奖,是此奖史上最年轻的获奖者。同年她还出版了《七宗罪》,1936年出版《草中的光辉》,1938年出版《爱的证明》。而奥斯兰德的成就和声誉更是如日中天,1937年被美国总统富兰克林·罗斯福任命为首位"国会图书馆桂冠诗人顾问"[1],这一任命是美国桂冠诗人制度的开端。二战期间,这对夫妇非常积极地销售战争债券。1945

---

[1] 引自琳达·戴维斯撰写的传记,原文为the first Poet Laureate Consultant of the Library of Congress。

年合著《我的叔叔简》，1951年合著《岛民》。她的诗歌发表在《纽约客》《哈珀》和《诗歌》等杂志上。在她的职业生涯中，她是美国诗歌学会的成员，曾任会长；美国诗歌协会成员；美国全国妇女笔会联盟成员，1938—1940年任主席。后来，夫妇俩退隐于南佛罗里达。她的文件保存在迈阿密大学。她是两个孩子的母亲，也是她的丈夫与其前妻所生女儿的继母。1960年，她49时逝世。

在网上只找到奥黛丽·沃德曼三张照片，恰好是她一生中三个时期：少女时代"执拗而又明智"，青年时代优雅秀丽，人到中年则呈现出天神般庄严崇高的智慧之美。维基百科对其生平事迹的介绍只有寥寥数行，而Celebrities Galore网上载有对奥黛丽·沃德曼个性及人格的分析，读来十分有趣，故编译如下：

> 奥黛丽·沃德曼的个性关键是自由。她喜欢旅游、冒险、多种多样的事物，爱结识新朋友。她渴望体验一切生活。只要她没有被拴在一个地

方,她就会同时参与几件事情。变化是她的世界里的常态,需要适应能力和勇气。

她通常是一个慢热型的人,她需要体验生活,才能真正认识和明确心中的欲望。她也许会被成年人视为一个野孩子,这是她被家人担心的根源。不过,她绝对不必急于选择职业和组建家庭。奥黛丽的挑战是通过旅行领会内在自由的真正意义。她应该坚持保持身材的锻炼计划,其身体的灵活性和耐久性将会提升她的安全感和信心。

奥黛丽是感性的,喜欢品尝生活中的一切。性、食物和其他感官体验对于她的享受生活至关重要。她觉得很难承诺一种关系,但是一旦承诺,奥黛丽·沃德曼就像一只老狗一样忠实。

以她的乐观和常常令人振奋的个性,她广交朋友,吸引了各界人士。她具有一种用言语和不可思议的能力来激励他人的方法。因此,她能够在销售、广告、宣传、推广、政治或是任何需要沟通技巧和了解人的职业上获得成功和快乐。

她多才多艺,具有种种不同能力,然而,纪律和专注是她成功的真正关键。没有这些,她开始的许多任务就会仍然未完成,她就无法让她的才能开花结果。努力奋斗而且坚持不懈,纵使天空是极限。自谋职业强烈吸引了沃德曼,但她必须进入一个领域,以锤炼自己谋生和取得成功的能力。一旦她找到适合自己的职业,她为他人提供的动机和灵感将带给她很多回报,她会找到支持并促进她走上成功之路的朋友和同伴。

二

这部诗集的开篇,是取作英文版书名的《明亮的伏击》。少女踏入社会,"带着欣喜和惊惧/我走进明亮的埋伏",光天化日之下,看似光明的世界,也许处处是陷阱和圈套。诗中"粗鲁而可爱的动物"是"自我"还是"本我"?是有着"爱欲"与"死欲"的生命本能,还是被深深压抑的"新感性"与"潜能"?可以弗洛伊德的心理学来解释,亦能用后来的马尔库塞的"新感性"理论来分析。也许这些都不是,她说,"爱情、力量和荣誉/都是它的名字"。

> 骄傲的心啊
> 比以前更骄傲
> 因为它持有
> 生活的金奖。

而"其惨烈的物质燃烧/使我自己灰飞烟灭,我会/找到致命的幸福。"虽然"明知以泪水作终结/明知,以这些短暂/而苦闷的历史作终结"。整首诗就像预示作者自己命运的谶语。

《献给伽拉忒亚》一诗以"旧瓶装新酒",或者说是"借他人酒杯浇自己胸中块垒"。据希腊神话,皮格马利翁是塞浦路斯国王,曾钟情于阿芙洛狄忒女神的一座雕像。这一传说经过罗马诗人奥维德在其名著《变形记》中的改写,变成一个更脍炙人口的故事:阿芙洛狄忒从海洋的泡沫中诞生后,随波漂流到塞浦路斯岛,当地人将她奉为守护神。然而一部分女人不服从,惹怒女神,她一气之下将她们全部贬为娼妓。皮格马利翁因此对尘世间的女人失去兴趣。于是,他依照心中理想女性的模样雕刻了一尊象牙雕像,用神话里的海中女神伽拉忒亚来命名,并渐渐对自己塑造的这个完美胴体产生深深的爱慕,后来他向阿芙洛狄忒祈祷,女神感于这位雕刻家的真诚的爱,赐予这尊雕像以生命。但奥黛丽在这里反其道而行之:

> 我以不屈服的头颅祈祷:不要唤醒,
> 让它是大理石,神圣纯洁和高深莫测
> 是空气,是任何东西;我不为所动,
> 哪怕长大易变,即使银子熔解。
> 我恳请这样做:噢,永远别让我找寻
> 一条吸引你进入肉体的路;亲近你,

> 然而只是在我紧闭的心灵里。
> 执拗又很明智,我亲爱的,
> 唯恐我要恳求生活的完美,
> 在那儿卑躬屈膝,用我的心焐热石头。

既强烈地向往爱情,又恐堕入肉体之爱和世俗生活,最好是永远保持着柏拉图式的爱情。诗中的"我"显然是一个情窦初开的少女,其渴望而又疑惧的心态颇为矛盾纠结。

《献给爱神》是一组包含有14首14行诗(或曰商籁体)的组诗。开篇第一首抒写初恋的幸福憧憬,袒露将要踏上爱情的荆棘之路、义无反顾地追随心爱之人的心迹:

> 当融雪在小溪中歌唱着寻觅,
> 我找到了你,让我情不自禁唱出歌声;
> 我将跟随你徒步远行,
> 在险峻的路上既不踌躇,也不怀着妒忌

> 看那些悠闲的人，他们不了解
> 损伤也不认识荆棘；我渴望歌唱。
> 这你赐予我的恩典——在崎岖的小径上，
> 阴影重重，我已迟缓地久久徘徊。

接着表达了自己的认识和理解，爱情不是"奖品"，要"用丝绸和香料包起来收藏"；"爱情就该趁活着时花费"，其意思正如唐代女诗人杜秋娘的《金缕衣》一诗"劝君莫惜金缕衣，劝君惜取少年时。花开堪折直须折，莫等无花空折枝"，但不止于此，而且"爱情是一支蜡烛，要对着黑暗燃烧/超越我们高耸的影子"，爱情可以洞穿并烛照人生的黑暗，爱情能够超越我们自身。组诗还描写了相爱时共同度过的美好时光，彼此默契、心心相印的情景，也夹带着有时不和谐、唯恐被遗弃的痛苦，后面几首着力于对老年之爱、死后地狱以及爱的幻灭的种种想象。在这里，爱与死是紧紧交织在一起的双重主题。

三

在讴歌自然的诗篇里，奥黛丽一改她在爱情诗中阴郁甚至悲怆的调子，变得明朗欢快起来。《圣乐的诗》将蜂巢奉为"圣地"，简直是用喜洋洋的赞歌来赞美"我们智慧的微观世界"，象征意义不言而喻；即便是《歌颂时令的流逝》，也没有忧伤和哀叹，而是认识到"只有甜美的葡萄使我们懂得苦涩"，并且"我将为我自己夺取，打破命定的结局"，面对岁月的流逝，主张积极进取的人生；在《金色的恩典》里，"夏日阳光已让我焕发活力"，"生命在我内心重生再来"，因而"我会为任何绿色的生长而高兴"，从迷失中醒悟，从"棕榈的风姿"中找到安宁，抒发了对母亲般大自然的感恩之情；《埃尔辛诺的湖》音调明快，韵律婉转，本身就是一首优美动人的歌，译者也力图在汉语里再现其神韵：

去埃尔辛诺的路上，

我看见三只燕子飞翔，

在靠近海滨的山那边，

高高的蓝风在歌唱。

出于对自然近乎痴迷的热爱，诗人对事物的体察细致入微。《微观世界》中，"随着一阵巨大的咔嗒声响，/蚂蚁从地下出来把鼓手当。/在青草旁边趴着眼对眼，/我看见走过它们的装甲军团"。诗人把自己放低到尘埃里去，"无数的声音和怪异的形状，/在我眼前被放大和夸张"，才观察到古罗马军团般的进军的步伐，诗歌用的也是军队行进的短促而快速的语言节奏，对蚂蚁大军的描绘可谓有声有色。

而另一首《只有燕八哥》，"只有燕八哥会执着于/他的一个调儿"，当"画眉/像植物学家翻来找去/蜜蜂在绒毛里用粗喉音讲嘴"，"蜗牛在蜷过三次的壳里蜷着/分享一点儿烟熏气息/静等冰冻解开符咒"之时，"只有燕八哥：所有的休息/是唱着一百首火之歌",他的天职就是歌唱,他全身心投入热烈的歌唱,直到最后一息,短暂的生命留下传世的歌声。鸟儿死去了,留下了鸟鸣,正如诗人留下永恒的诗篇。这首诗与其说是写鸟儿,毋宁说是诗人自己命运的寓言。

四

在人物的画廊里,奥黛丽的描写同样栩栩如生。《书籍和玫瑰》刻画了一个培育玫瑰、酷爱读书的老僧侣,以内心独白来表现他爱的执着和思想境界的高尚:"我将依旧跪下直到弯成圆背,/挣扎着从地上去拨动这样的玫瑰。""我依旧会挣扎,直到眼睛失明,/而我所有手稿放成土黄色,也没署名。"最后,"眼睛变瞎;肩膀变歪斜",给世人留下精神财富,给世界留下了花朵之美。

《复活节在惠特比》写一位"冷酷、苍老、勇敢的女修道院长走了",似乎是为了去寻找野花和野果，其实是因为"一个国王在她右手，一位君主在她左手。/但她像一只被卡在一条裂缝里的鸟儿，/她的翅膀朝后抽紧，她无法动弹/从那夹住她的粗糙岩石里移开"，她忍无可忍，于是毅然决然地离开，到荒野上去，到峭壁上去，到大海边去。"这神圣的希尔达转身走了"，因为她知道，那"高高的大门""对着海，对着大地，/对着生命，对着诞生，/对着梦，和做梦者的饥馑"关上了，"她欣喜"——"为春天湿透的土地打动人心的甜蜜，/以及她歇歇手的粗糙黑树皮"。至此，一个厌弃世俗名利和荣耀、坚毅苦修的圣者形象呼之欲出。

《春天里的贾尔斯先生》则是在奥黛丽的诗歌里绝无仅有的一支谐谑曲，以幽默风趣、生动活泼的调子描写了一位"小个头，衣冠楚楚"的绅士，他"款款走过"，"他鞠躬"，"风流潇洒"，"向女士们哼哼哈哈"，寥寥数笔，就让一个"精明而快活"、喜欢搞点"罗曼蒂克的小浪花"的滑稽人物活灵活现，如在眼前。

五

这本诗集尽管只有45首诗(含组诗),题材却涉及自我、爱情、死亡、自然、神话、历史、宗教等很多方面,其中以抒写爱情和田园生活的居多。奥黛丽生逢美国诗歌发生重大转向、现代主义兴起之际,她的诗歌内容上也已渗入现代性因素,具体说受到现代哲学思潮的影响;在形式上仍然遵循传统的格律押韵,尽管是"戴着镣铐跳舞",其音韵富于变化,却保持着和谐之美,动人心弦。而且她将意象派、象征主义等表现手法熔于一炉,写景状物生动形象、精确传神,使人如临其境,如见其人;抒情含蓄委婉、深沉蕴藉,复杂而微妙的内心波澜跃然纸上。

应该说,奥黛丽·沃德曼发挥了她的天赋异禀和卓越才华,在诗歌事业上取得了辉煌成功,不幸的是英年早逝,令人扼腕叹息。但她的诗歌如遗世珍珠,自《明亮的伏击》问世至今,八十多年过去了,拂去岁月的积尘，它们仍然散发着美丽的光芒。这部诗集的翻译不过是初步发掘，她的大量作品还有待于进一步去探索发现。在经过漫长的时间考验之后，需要重新认识其不可多得的珍贵价值。

远 洋

2017年7月19日